Marie

Un oiseau rare

Illustrations
de Steve Beshwaty

la courte échelle

Les éditions de la courte échelle inc.
5243, boul. Saint-Laurent
Montréal (Québec) H2T 1S4

Direction littéraire et artistique:
Annie Langlois

Révision:
Sophie Sainte-Marie

Conception graphique de la couverture:
Elastik

Conception graphique de l'intérieur:
Derome design inc.

Mise en pages:
Mardigrafe inc.

Dépôt légal, 1er trimestre 2004
Bibliothèque nationale du Québec

La courte échelle reconnaît l'aide financière du gouvernement du
Canada par l'entremise du Programme d'aide au développement de
l'industrie de l'édition pour ses activités d'édition. La courte échelle
est aussi inscrite au programme de subvention globale du Conseil
des Arts du Canada et reçoit l'appui du gouvernement du Québec
par l'intermédiaire de la SODEC.

La courte échelle bénéficie également du Programme de crédit d'impôt
pour l'édition de livres — Gestion SODEC — du gouvernement du
Québec.

Données de catalogage avant publication (Canada)

Décary, Marie

  Un oiseau rare

  (Premier Roman; PR140)

  ISBN 2-89021-643-8

  I. Beshwaty, Steve. II. Titre. III. Collection.

PS8557.E235A72 2004   jC843'.54   C2003-941893-6
PS9557.E235A72 2004

Marie Décary

Marie Décary est une passionnée, et tout ce qui touche les arts l'intéresse. Après des études en lettres et en communication, elle a travaillé tour à tour comme recherchiste, journaliste, cinéaste, réalisatrice à l'ONF et romancière. Comme elle aime beaucoup la musique, elle a déjà réalisé quelques vidéos d'art inspirées par les œuvres de compositeurs contemporains. Elle est également l'auteure d'un conte musical qui a remporté le prix Opus 2000 décerné par le Conseil québécois de la musique. Certains de ses romans ont été traduits en chinois et en espagnol.

Marie raffole de la cuisine orientale, surtout vietnamienne, et elle sait préparer les rouleaux de printemps. Elle adore lire et voyager. De plus, elle espère vivre jusqu'à cent cinquante ans pour avoir le temps d'apprendre à parler toutes les langues du monde.

Steve Beshwaty

Né à Montréal, Steve Beshwaty a étudié en graphisme. Depuis, on a pu voir ses illustrations dans différents magazines et sur des affiches. Il illustre aussi des livres pour les jeunes et il adore ça.

Steve Beshwaty aime beaucoup la musique, les marionnettes et le cinéma, ainsi que les animaux, mais surtout les chats. *Un oiseau rare* est le cinquième roman qu'il illustre à la courte échelle.

De la même auteure, à la courte échelle

Collection Premier Roman

Série Adam:

Une semaine de rêves
Un vrai Chevalier n'a peur de rien
Un amour de Caramela
Le bon roi Adam

Collection Roman Jeunesse

Série Rose Néon:

Amour, réglisse et chocolat
Au pays des toucans marrants
Le combat des chocolats

Collection Roman+

L'incroyable Destinée
Nuisance Publik
Rendez-vous sur Planète Terre

Marie Décary

Un oiseau rare

Illustrations
de Steve Beshwaty

la courte échelle

1
Plus haut que les nuages

En général, le lundi n'est pas une journée excitante. La fin de semaine est déjà terminée et le prochain samedi est encore loin.

Pourtant, ce soir, Adam est plus heureux qu'une puce sur le dos d'un chien! Il gigote, il sautille, il s'agite.

La raison? C'est l'anniversaire de sa grand-mère Nanou, qu'il aime par-dessus tout. D'abord parce qu'elle le traite comme un grand. Et aussi parce que, à chacune de ses visites, Nanou lui apporte une surprise.

Bon! Revenons sur terre. Plus

exactement dans la salle à manger où sont réunis Adam, ses parents Alex et Annie, ainsi que Nanou.

Sur la table, il y a bien sûr un gâteau. En fait, il s'agit d'une gigantesque pièce montée… aux courgettes et aux graines de lin!

Peu importe! Nanou respecte trop la nature pour se plaindre. Pas étonnant qu'elle soit journaliste au magazine *La vie en vert* depuis trente ans!

— Bon-ne fê-te, Na-nou! lui chantent Adam et ses parents.

Ah! Nanou est émue. Ça se voit à l'oeil nu. Ses joues sont rose bonbon. Après avoir inspiré un bon coup, elle souffle les bougies. Cinquante-cinq en tout. Quel exploit!

— Mes chéris! Si vous saviez

ce qui m'arrive! lance-t-elle. Au début de l'été, *La vie en vert* m'offre des vacances à la Découverte.

— C'est où? demande immédiatement Adam.

Nanou regarde tour à tour Alex et Annie d'un air complice. Puis elle pose sa main sur celle de son petit-fils adoré.

— Cette île minuscule et presque sauvage est perdue à l'autre bout du monde, répond-elle. Pour se rendre là-bas, il faut prendre deux avions.

— Deux avions! répète Adam, intéressé.

Le regard allumé, Nanou continue de lui décrire le voyage avec des mots qui font rêver. Dans sa bouche, océan rime avec poissons fluorescents, balade avec cascade et escapade.

Touché! À écouter Nanou, Adam plane déjà plus haut que les nuages. Il est surtout renversé de l'entendre lui annoncer:

— Mon plus beau cadeau serait de t'emmener avec moi, mon chou.

Adam écarquille les yeux. Plus grand que ceux d'un personnage de bande dessinée.

— Oui! Oui! Je pars avec toi! s'écrie-t-il.

Fou de joie, Adam dépose deux doux bisous sur les joues

de Nanou. Il est prêt à faire ses bagages sur-le-champ. Qu'en pensent ses parents?

— Surprise! dit Alex.

Aussitôt, il lui tend un sac à dos flambant neuf. Dedans, Adam trouve des vêtements d'explorateur. Ainsi qu'un calepin, un crayon et un appareil photo.

— On ne sait jamais! Peut-être

que tu voudras t'entraîner à devenir journaliste, suggère Annie.

— Comme Tintin… Sans Milou, mais avec Nanou! ajoute son père.

— Waouh! s'exclame Adam, émerveillé.

2
Clic! Clic! Clic!

Quatre lundis plus tard, ça y est! Adam et Nanou atterrissent enfin sur l'île de la Découverte.

Bien entendu, Adam a son appareil photo au cou. Son calepin en poche. Et son crayon sur l'oreille. C'est clair! Il prend son rôle de journaliste en herbe très au sérieux.

Tellement que, en arrivant au gîte Robinson, il se précipite sur le propriétaire. À en juger par sa barbe blanche et sa peau cuivrée, l'homme habite les lieux depuis longtemps...

— Y a-t-il quelque chose d'intéressant ici? demande Adam.

La question a l'air d'amuser M. Robinson: il éclate de rire.

— La Découverte est l'un des derniers coins de paradis sur terre, mon garçon, déclare-t-il avec fierté.

Adam n'est pas impressionné. Selon lui, cette information manque de piquant. Pendant que sa grand-mère poursuit la conversation, il se dirige vers un sentier bordé de cocotiers.

Clic! Adam croise quelques lézards qui fuient devant ses pas. Clic! Des crabes paniqués. Clic! Des fourmis en file indienne.

À force de regarder par terre, Adam ne sait plus trop où il va. Soudain, la mer est là, en face de lui. Couleur turquoise.

Ça vaut bien une photo, n'est-ce pas?

Zut! Que voit Adam par la fenêtre de l'appareil qui sert à croquer les paysages? Deux jeunes intrus qui lui bloquent la vue. La tête couverte de tresses aussi fines que des spaghettis, ils portent des t-shirts démesurés. On dirait des jumeaux.

— On nous surnomme «les sosies», lui apprend la fillette. Moi, je m'appelle Aïda. Lui, c'est mon frère, Gaspard. Vas-tu parler de nous dans ton journal?

Flatté qu'on le croie vraiment reporter, Adam joue le capricieux.

— Ça dépend! Si vous m'aidez à trouver un scoop, oui!

Gaspard et Aïda froncent les sourcils et demeurent silencieux. Sûr de son coup, Adam explique qu'un scoop, c'est une nouvelle fraîche. Si fraîche que le monde entier veut s'en régaler.

— Alors nous irons dans la forêt, propose Gaspard. À moins que tu ne craignes le Vaurien…

C'est au tour d'Adam d'être étonné.

— N'aie pas peur, le rassure Aïda. Le Vaurien rôde parfois dans la montagne. Autrement, il passe son temps à dormir ou à se jouer dans le nez.

— Bonne nuit! Et à demain matin, lance Gaspard.

Fffouit! Les sosies disparaissent. Sur la plage déserte, il fait maintenant aussi noir que dans un pot de mélasse. Par chance, Nanou n'est pas loin.

— Je t'ai cherché partout, souffle-t-elle en le rejoignant.

— J'ai rencontré deux amis, explique Adam. Ils ont des choses à me montrer… pour mon reportage.

— Les petits-enfants de M. Robinson? Ce sont sûrement de bons guides, ils connaissent l'île par coeur.

Sur le sentier qui les mène à leur maisonnette au bord de la mer, Nanou ajoute d'un ton complice:

— Le premier devoir d'un journaliste, c'est de s'informer!

3
L'oiseau rare

Le lendemain matin, Adam n'a aucune difficulté à se réveiller. Et encore moins à se préparer: il a dormi tout habillé.

— Psst! Journaliste! Nous t'attendons dehors, lui chuchotent les sosies par la fenêtre.

Adam ramasse aussitôt son calepin et son crayon. L'appareil photo? Pas moyen de le trouver dans le fouillis des valises à moitié défaites. Tant pis!

Enfin, sur un bout de papier, Adam griffonne:

Je suis parti à la chasse au scoop avec Aïda et Gaspard.

Il glisse ce message sous l'oreiller de Nanou qui dort comme un bébé. Puis il sort sur la pointe des pieds.

Alors que les premiers rayons du soleil effleurent l'océan, Adam, Gaspard et Aïda se dirigent vers la montagne.

— Par là! commande Aïda en désignant une piste boueuse.

Les sosies partent en courant, pieds nus. Adam tente de les rattraper. Impossible! Avec ses sandales de plastique, il ne réussit qu'à déraper entre les racines et les buissons piquants.

— Attendez-moi! crie-t-il, humilié.

Au bout d'un moment, Adam se sent aussi minuscule qu'un lutin au pays des arbres géants. Pour éviter de paniquer, il prend dans sa poche son calepin et son crayon.

Étrange! Dans les hautes branches, il aperçoit une tache rouge. On dirait une banderole qui flotte au vent.

Tout à coup, la banderole en question s'envole. Elle exécute un vol plané, amorce une chute. La voici qui fonce sur Adam. Si vite qu'il a juste le temps de constater que l'objet volant a une tête, des ailes et des pattes.

— Aaah! hurle Adam en cachant son visage.

Ouf! Adam est sain et sauf. Mais sa tête sert maintenant de perchoir. Et de longues plumes rouges pendent devant son nez.

— Roukou, roukou, roukoukou, chante joliment l'oiseau.

Puisqu'il ne connaît que les moineaux, Adam lui répond de son mieux.

— Pit, pit, pit!

La bête à plumes semble ravie. Elle saute sur l'épaule

d'Adam et lui bécote le cou, les oreilles, le menton.

— Arrête! implore Adam en rigolant. Tu me chatouilles!

Soudain, d'un coup de bec, l'incroyable animal agrippe le crayon que le jeune reporter tient entre les doigts et s'envole!

Ébloui, Adam le regarde disparaître au loin. Jusqu'à ce qu'il n'en reste qu'un point rouge dans le ciel bleu.

— As-tu eu peur? demande Gaspard qui surgit d'un bosquet, le sourire en coin.

— Non. Un bon journaliste ne perd jamais le nord. Et j'ai quelque chose à vous raconter.

Adam n'attend pas qu'on l'interroge. Il montre l'arbre. Il décrit l'oiseau fabuleux. Et surtout, il imite son chant.

— Il a vu un roukoukou! s'exclame Aïda.

— Impossible! Il n'y en a plus sur l'île, tranche Gaspard.

Adam ouvre la bouche pour répliquer. Crac! Un bruit terrifiant les fait tous les trois sursauter.

— Sauvons-nous, c'est le Vaurien! s'écrie Aïda.

4
Visite au musée

Lorsqu'il revient au gîte Robinson, Adam est barbouillé de boue des orteils jusqu'aux sourcils. Nanou l'attend sur la véranda. Et, en un coup d'oeil, il comprend que sa grand-mère s'est inquiétée.

— J'ai vu un oiseau rare, explique-t-il en espérant se faire pardonner.

— C'est vrai! affirme Aïda qui apparaît, suivie de Gaspard et de leur grand-père.

— Si tu as repéré un *Rukukus exoticus ruber*, il s'agit en effet d'une nouvelle importante, confirme M. Robinson.

Là-dessus, il les invite tous à l'accompagner.

— Bienvenue au musée! dit-il en poussant la porte d'une espèce de cabane en bois.

Aussitôt, il se retire dans un coin sombre. Adam l'entend déplacer une table, ouvrir des armoires, renverser des casseroles.

Quand il réapparaît enfin, couvert de fils d'araignées, il tient un animal empaillé entre ses mains. Malgré le rouge délavé de son plumage et ses yeux vitreux, Adam reconnaît le roukoukou.

— C'est lui, affirme-t-il. Mais il était vivant.

M. Robinson soupire de joie. Il propose à Adam et à Nanou de s'installer sur un banc. Il indique aux sosies de se tenir à ses côtés. Puis il raconte cette histoire qui ressemble presque à une légende:

— Il y a très longtemps, un marin solitaire a abordé notre île. Cet homme, un poète, avait été chassé de son pays à cause de ses idées. Des idées qui ne plaisaient pas au roi.

M. Robinson lève l'index à la manière d'un professeur et poursuit:

— Avant de se débarrasser de son indésirable sujet, le roi lui accorda deux faveurs.

— Je le sais, s'exclame Aïda. Le poète pouvait apporter avec lui des caisses de crayons, du papier. Et aussi ses deux oiseaux blancs.

Gaspard est fier d'ajouter que les roukoukous se sont bien

adaptés à leur nouvel environnement. Et que, à force de se nourrir de crevettes et de fruits, leur plumage a rougi.

— Ça ne se peut pas, réplique Adam.

— Oui, ça arrive aux flamants roses, explique Nanou. Pourquoi pas aux roukoukous?

— Exactement! confirme M. Robinson. Et après la mort du poète, les *Rukukus* se sont multipliés. Autrefois, ils existaient par milliers sur notre île.

— Alors pourquoi il n'y en a plus? questionne Adam.

— Au fil du temps, les habitants de la Découverte se sont mis à chasser les oiseaux, déplore M. Robinson. Pour les manger. Ou faire le commerce de leurs plumes.

— Les roukoukous sont même considérés comme une espèce disparue, insiste Aïda.

Curieux! Au lieu de se réjouir du retour du roukoukou, M. Robinson a l'air songeur.

— Le problème, c'est que ça intéressera sûrement le Vaurien, confie-t-il. L'an passé, il a déraciné une plante en voie d'extinction, le *Cactus piquantus*, pour la vendre à l'étranger…

5
Sur la piste
du roukoukou

Depuis qu'il sait que l'oiseau rare est en danger, Adam est inquiet. Mais il n'est pas le seul.

— Le roukoukou est affectueux et facile à apprivoiser, dit Aïda.

— Et trop facile à capturer… regrette Gaspard.

Au moment où Nanou tente de les rassurer, M. Robinson revient de la montagne, à bout de souffle.

— Je… J'ai repéré le nid du *Rukukus*… Il était vide, annonce-t-il. Vite, allons chez le Vaurien. Il a sans doute déjà piégé la pauvre bête.

Adam court chercher son appareil photo. Cette fois, il chausse ses souliers tout-terrains. Gaspard le rejoint avec l'animal empaillé. Et Aïda le suit avec le vieux magnétophone du musée.

— S'il le faut, nous fabriquerons un faux roukoukou pour déjouer le bandit, explique Gaspard.

Il dépose ensuite les objets dans un sac de toile.

— Est-ce que tout le monde est prêt? demande M. Robinson.

Oui! Le temps de s'engouffrer à cinq dans sa voiturette électrique, ils sont en route pour la baie des Pirates. Là où le Vaurien prépare ses mauvais coups.

Lorsqu'ils arrivent à destination, Adam n'en revient pas. Et pour cause! Le Vaurien vit dans une baraque de tôle au milieu d'un dépotoir. Par chance, en regardant par terre, Adam aperçoit un petit bout de bois.

— Mon crayon! se réjouit-il. Le roukoukou n'est pas loin!

Le reste de la troupe ne pose pas de questions. Ils sont trop occupés à examiner les lieux.

— La seule fenêtre de cette bicoque est à deux mètres du sol. Et nous n'avons pas d'échelle, remarque Nanou.

— J'ai une idée, lance Gaspard.

Il propose aussitôt de porter Adam sur ses épaules. Et hop! Les deux acrobates s'avancent en chancelant jusqu'au mur de la cabane.

Adam se trouve maintenant à deux doigts de l'ouverture. Incapable de voir à l'intérieur, il tend l'oreille.

Le son d'un bruyant ronflement attire d'abord son attention. Ensuite, un téléphone sonne. Adam entend l'ennemi grogner et répondre.

— Ouais! J'ai capturé l'oiseau et même sa femelle, se vante-t-il. Hé! Hé! Deux roukoukous valent mieux qu'un!

Furieux, Adam doit se retenir d'éclater pour écouter la suite.

— Je suis prêt pour la livraison, confirme le bandit à son complice. C'est ça! Dans la baie, au coucher du soleil.

D'un geste, Adam signifie à Gaspard qu'il souhaite retomber sur ses pieds. Puis ils rejoignent

les autres en vitesse, et Adam répète mot à mot ce qu'il a entendu.

— J'ai un plan, s'écrie Nanou.
Il reste combien de temps avant
la tombée du jour?

M. Robinson lève les yeux
vers le ciel comme s'il consultait
sa montre.

— Trente minutes et trois se-
condes, indique-t-il.

6
Opération sauvetage!

Pendant que Nanou expose sa stratégie, M. Robinson dessine une espèce de plan dans le sable. La cabane du Vaurien est un carré. La baie des Pirates, un demi-cercle. Entre les deux, il trace des chemins qu'Adam et les sosies examinent attentivement.

— Voilà! Bonne chance à tous, lance Nanou.

Première étape: l'appareil photo d'Adam en bandoulière, elle se dirige d'un pas décidé vers la baraque de tôle. Plang! Plang! Plang! Elle frappe à la porte.

Le Vaurien ouvre. Avec un doigt dans le nez, il n'est pas joli à regarder.

— Nanou Chevalier, reporter, s'annonce-t-elle avec aplomb.

Blablabla. Nanou déballe son

boniment. Bravo! Le Vaurien tombe dans le piège et répond à ses questions. À distance, Adam observe sa grand-mère attirer le méchant hors de son repaire.

Deuxième étape: M. Robinson file au village pour avertir Arnold, le seul policier de l'île.

Durant ce temps, Adam et les sosies courent vers la cabane de tôle. Une fois habitués à l'obscurité qui règne à l'intérieur, ils passent à la fouille.

— Par ici! chuchote Gaspard.

Sous un matelas éventré et un tas de vêtements crasseux, ils découvrent une caisse de bananes suspecte. Adam délie la corde qui retient le couvercle. Parfait! Le bec retenu par un élastique, les roukoukous ne peuvent chanter, mais ils sont vivants.

— Oh! qu'ils sont beaux, s'attendrit Aïda en les enveloppant dans son long t-shirt pour les bercer.

Troisième étape: Gaspard retire l'animal empaillé de son sac et le dépose à la place des oiseaux. À côté, il installe le magnétophone. La machine émet «roukou, roukou, roukoukou» et elle se tait.

— Ça recommence toutes les quinze minutes, précise-t-il, amusé.

Quatrième étape: par un sentier secret, le trio rejoint la dune où Nanou s'est cachée après la fausse interview.

— Quand j'ai quitté notre ennemi, il retournait à sa cabane, leur signale-t-elle. Il devrait revenir bientôt.

C'est juste! Le Vaurien réapparaît dans la baie, la caisse sous le bras.

Après avoir jeté un coup

d'oeil autour de lui, il s'engage sur le vieux quai. Il embarque sur le yacht de son complice et lui remet la marchandise. Puis il tend la main pour recevoir son butin.

Évidemment, lorsque le filou soulève le couvercle pour vérifier, il reste bouche bée. Et, selon les calculs de Gaspard, l'enregistrement se fait entendre.

— Roukou, roukou, roukoukou!

— C'est quoi, ça? Une blague? crache le trafiquant.

La chicane éclate. De leur poste d'observation, Nanou, Adam et les sosies regardent les deux bandits se frapper, se bousculer, se chamailler.

— Espèces de crapules crasseuses! rugit le policier Arnold.

Incroyable! La voix d'Arnold est si puissante que les bandits tombent à l'eau. Splouche! Comme deux poissons. Il ne reste qu'à les repêcher, à les empoigner et à les menotter. Quel coup de filet!

Derrière la dune, Nanou immortalise la capture. Clic! Et toute la bande éclate de rire.

— Youpi! J'ai mon scoop! s'écrie Adam.

7
Journaliste un jour, journaliste toujours!

Ce soir, c'est vraiment la fête au gîte Robinson. Nanou offre des jus de fruits. Adam et les sosies s'amusent comme des fous à se remémorer leur journée. Et les roukoukous sautent sur toutes les têtes pour remercier leurs sauveteurs.

— Bravo! Mission accomplie! déclare M. Robinson.

— Oui. Et demain, nous nous baignerons dans les chutes, promet Gaspard à Adam.

— Moi, je veux te tresser les cheveux, insiste Aïda. Pour devenir notre sosie, c'est obligatoire.

Aussi sérieux qu'un journaliste en fonction, Adam s'éloigne vers la plage.

— Pour le moment, j'ai un reportage à écrire, s'excuse-t-il. Et c'est sûr et certain que je parlerai de vous dans mon journal!

Tiens! Lorsque Adam tire son crayon de sa poche, le couple de roukoukous vient se poser près de lui. Adam fixe leur plumage rouge feu et leurs yeux espiègles. Et, tel un poète, l'inspiration lui vient.

* * *

Trois mois plus tard, Nanou arrive chez Adam avec le plus récent numéro de *La vie en vert*.

Encore plus excité que son fils, Alex saute sur le magazine. Derrière lui, Annie tente d'admirer les photos en se tenant sur la pointe des pieds.

Alex lit à voix haute et avec beaucoup de fierté la présentation du rédacteur en chef:

— *Grâce à notre jeune collaborateur, Adam Chevalier, des braconniers qui pratiquent le trafic d'oiseaux exotiques ont été démasqués. Et, dorénavant, le*

Rukukus exoticus ruber *comptera parmi les espèces protégées de notre planète.*

— À moi de continuer, réclame Adam en s'emparant de son reportage.

«Certaines personnes oublient que la Terre appartient aux enfants d'aujourd'hui et de demain. Mon voyage à la Découverte m'a permis d'agir pour que ça change. Mais la vérité, c'est que je n'y serais jamais arrivé sans mes amis Gaspard et Aïda.»

«Lorsque je serai aussi vieux que M. Robinson, je souhaite que l'île soit peuplée de milliers de roukoukous. Comme avant. Et pour toujours.»

Adam lève la tête, regarde Nanou, puis poursuit sa lecture:

— *Je remercie ma grand-mère, Nanou, pour les plus belles vacances de ma vie. Grâce à cette merveilleuse aventure, elle et moi sommes liés à jamais par des souvenirs…*

Adam examine une autre fois le dernier mot. Il reprend la phrase en s'efforçant de bien articuler:

— ... *liés à jamais par des souvenirs de débiles!*

— In-dé-lé-bi-les, corrige Annie.

— Ce n'est pas grave, dit Nanou en riant de bon coeur. Le jour où je prendrai ma retraite, je sais déjà qui assurera ma relève.

— Roukou, roukou, roukoukou, chante Adam, triomphant.

Table des matières